CB008721

CÍRCULO DE POEMAS *Luna Parque* *Fósforo*

O mapa do céu na terra

Carla Miguelote

a partir: de uma postagem no instagram da zanele muholi, na cidade do cabo, áfrica do sul; de minha passagem pelo bloco de carnaval céu na terra no rio de janeiro, brasil; da leitura que gustavo naves, meu amigo astrólogo, fez do céu astrológico do dia 09 de setembro, 2023; e da maneira como provavelmente frustrarei mais uma vez as expectativas da minha mãe no porto, portugal.

I

zanele muholi publicou no instagram
dia 09 de fevereiro de 2023
uma imagem em que vinha
escrito à mão o seguinte texto

I've been
with you for
16 years...
it is sad to
receive the
news that
you don't need
me anymore

na legenda escreveu
2023.09.09: cape town
south africa. #life
e acrescentou o emoji
de um coração partido

fiquei triste por ela
fiquei triste por mim
sei como é ser abandonada
por alguém
depois de tanto tempo

aliás, dia 09 de fevereiro
rio de janeiro, brasil
é pré-carnaval, #vida

e eu tô fazendo o esforço
de me colocar na pista
ir para os blocos
ver se descolo uns beijos na boca
e colo umas rachaduras
do meu coração partido

mas uma coisa me intrigou
na postagem de muholi
a legenda não situava a data da perda
em 09 de fevereiro de 2023
mas em 09 de setembro de 2023

zanele muholi digitou errado
ou está mesmo prevendo uma perda futura?

não chequei os comentários
tava ocupada buscando
algum adereço carnavalesco
para me dar o ar de foliã
só achei um grampo
com uma flor rosa carnavalesca
que foi o que pus no cabelo
e saí

o bloco era de manhã bem cedo
eu tinha colocado despertador
(realmente estava me esforçando)

nas primeiras horas da manhã
depois de três cervejas quentes

metidas goela abaixo
fui furtada

vou roubar-te agora
não me leve a mal
hoje é carnaval

levaram meu celular
minha carteira
meus documentos todos
meu cartão do banco
minha identidade

não, joão
não foi o amor que
comeu meu nome
minha identidade
meu retrato
minha certidão de idade
minha genealogia
meu endereço
meus cartões de visita
todos os papéis com meu nome

foi o meliante
diria a delegada
mais tarde

mas eu diria
que foi a falta de amor
que me fez ir em busca desesperada

de um pouquinho de amor
no meio da loucura

quem busca
um pouquinho de amor
num bloco de carnaval
já craudeado
às sete da manhã
em que meliantes
bailam com foliões?

podia ser uma pergunta
da delegada
mas não foi
se fosse, receberia como resposta
esta idiota que vos fala

quanto riso, oh, quanta alegria
eu chorando
com a bolsa aberta e vazia
no meio da multidão

atravessei
o mais rápido que pude
o mar de gente

algum dinheiro
tinha ficado no bolso
peguei um táxi ali perto

no para-brisa do taxista
vinha pendurada sua carteira
de taxista

com nome completo
e outros dados
entre esses outros dados
a data de validade da carteira
09.09.2023

a mesma data
da perda futura de muholi

o que aquela coincidência
queria me dizer
além de nada?

perdas futuras
perdas presentes

perde-se um amor
perde-se uma carteira
perde-se um celular
perde-se um carnaval
perde-se um futuro amor

entrei correndo
na delegacia
para fazer o BO
a delegada perguntou

cor da carteira
berinjela, respondi ofegante
berinjela?
tá, bota roxo aí

o nome do bloco
céu na terra
inferno na terra, né, meu bem?
tá, bota inferno na terra aí

o que tinha na carteira?
seguro do carro, mas tava vencido
carteira do plano de saúde
mas vou cancelar segunda-feira
tá muito caro
cartão do banco
já bloqueei
cartão do metrô
mas só tinha uma passagem

o que você quer de volta então?
o celular

cor da capa?
berinjela
mas pode pôr roxo aí

quanto custa?
sei lá, era bem velho já
tava na hora de trocar

qual o motivo de tanta urgência então?
nada
eu só queria conferir no instagram
uma postagem da zanele muholi

II

gustavo, meu amigo astrólogo
compadeceu-se após ler
o poema sobre
a postagem da zanele muholi

gustavo, meu amigo astrólogo
fez uma leitura do céu astrológico
do dia 09 de setembro de 2023
o dia da perda futura de zanele muholi

o céu astrológico
de 09 de setembro de 2023
fala sobre perdas passadas
disse gustavo, meu amigo astrólogo

em sua linguagem de astrólogo, gustavo disse
ceres em conjunção com o nodo sul
e quadratura com plutão
= lembrança do rapto de perséfone

uma postagem
sobre uma perda
situada em um
futuro
que fala sobre perdas do
passado

fecha-se o ciclo do tempo
esse anel
de saturno

em linguagem e viagem leigas
nada de aliança
no anelar
imagino

também
já imagino
alguém a dizer
no futuro
desculpe o auê
eu não queria magoar
você

mas nada me impede
de cantarolar baixinho
rogando por
leitos perfeitos e peitos direitos
me olhando assim
neste exato
presente

III

mamãe tá torcendo
pra minha menopausa chegar logo
pra ver se baixa a minha libido
e eu me concentro no meu trabalho

ela acha que eu preciso ser
uma intelectual internacional
enquanto eu me afundo nos piores papéis
de reles amante local

tentando atender às expectativas
da minha mãe
antes da menopausa chegar
decidi passar um ano em portugal
para um pós-doutorado
foco na pesquisa, foco nos estudos

mamãe decidiu passar
o primeiro mês comigo
lá em portugal
para se assegurar do meu empenho
nas pesquisas, nos estudos

vamos juntas em meados de agosto
ela voltará em meados do mês seguinte

ontem me ligou
pra me dizer que já comprou

a passagem de volta
09 de setembro de 2023

pronto, aí está
a terceira coincidência
da data da perda futura
na postagem da zanele muholi

o que comprova a coincidência
senão
a exatidão da leitura
do mapa do céu astrológico
feita por gustavo
meu amigo astrólogo?

rapto de perséfone
afastamento da mãe
descida ao hades

sozinha, descerei
ao submundo
aos inferninhos portugueses
(eles existem?)

serei dragada
pelos meus hormônios
já sei
submersa em rolos
às margens do douro
deixarei

pesquisas e estudos
em sétimo plano

será um consolo
para mamãe
que eu me torne
não uma intelectual
mas uma amante
internacional?

EQUIPE DE PRODUÇÃO
Ana Luiza Greco, Fernanda Diamant, Julia Monteiro, Leonardo Gandolfi, Marília Garcia, Rita Mattar, Zilmara Pimentel

REVISÃO Eduardo Russo

IMAGEM DA CAPA Gustavo Naves a partir do programa Solar Fire

PROJETO GRÁFICO Alles Blau

EDITORAÇÃO ELETRÔNICA Página Viva

A marca FSC® é a garantia de que a madeira utilizada na fabricação do papel deste livro provém de florestas gerenciadas de maneira ambientalmente correta, socialmente justa e economicamente viável e de outras fontes de origem controlada.

Dados Internacionais de Catalogação na Publicação (CIP)
(Câmara Brasileira do Livro, SP, Brasil)

Miguelote, Carla
O mapa do céu na terra / Carla Miguelote. — São Paulo : Círculo de poemas, 2023.

ISBN: 978-65-84574-68-7

1. Poesia brasileira I. Título.

23-155720 CDD — B869.1

Índice para catálogo sistemático:
1. Poesia : Literatura brasileira B869.1

Eliane de Freitas Leite — Bibliotecária — CRB-8/8415

CÍRCULO *Luna Parque*
DE POEMAS *Fósforo*

circulodepoemas.com.br
lunaparque.com.br
fosforoeditora.com.br

Editora Fósforo
Rua 24 de Maio, 270/276, 10º andar
01041-001 — São Paulo/SP — Brasil

CÍRCULO *Luna Parque*
DE POEMAS *Fósforo*

LIVROS

1. Dia garimpo
Julieta Barbara

2. Poemas reunidos
Miriam Alves

3. Dança para cavalos
Ana Estaregui

4. História(s) do cinema
Jean-Luc Godard
(trad. Zéfere)

5. A água é uma máquina do tempo
Aline Motta

6. Ondula, savana branca
Ruy Duarte de Carvalho

7. rio pequeno
floresta

8. Poema de amor pós-colonial
Natalie Diaz
(trad. Rubens Akira Kuana)

9. Labor de sondar [1977-2022]
Lu Menezes

10. O fato e a coisa
Torquato Neto

11. Garotas em tempos suspensos
Tamara Kamenszain
(trad. Paloma Vidal)

12. A previsão do tempo para navios
Rob Packer

13. PRETOVÍRGULA
Lucas Litrento

14. A morte também aprecia o jazz
Edimilson de Almeida Pereira

15. Holograma
Mariana Godoy

16. A tradição
Jericho Brown
(trad. Stephanie Borges)

17. Sequências
Júlio Castañon Guimarães

18. Uma volta pela lagoa
Juliana Krapp

19. Tradução da estrada
Laura Wittner
(trad. Estela Rosa e Luciana di Leone)

PLAQUETES

1. Macala
Luciany Aparecida

2. As três Marias no túmulo de Jan Van Eyck
Marcelo Ariel

3. Brincadeira de correr
Marcella Faria

4. Robert Cornelius, fabricante de lâmpadas, vê alguém
Carlos Augusto Lima

5. Diquixi
Edimilson de Almeida Pereira

6. Goya, a linha de sutura
Vilma Arêas

7. Rastros
Prisca Agustoni

8. A viva
Marcos Siscar

9. O pai do artista
Daniel Arelli

10. A vida dos espectros
Franklin Alves Dassie

11. Grumixamas e jaboticabas
Viviane Nogueira

12. Rir até os ossos
Eduardo Jorge

13. São Sebastião das Três Orelhas
Fabrício Corsaletti

14. Takimadalar, as ilhas invisíveis
Socorro Acioli

15. Braxília não-lugar
Nicolas Behr

16. Brasil, uma trégua
Regina Azevedo

17. O mapa de casa
Jorge Augusto

18. Era uma vez no Atlântico Norte
Cesare Rodrigues

19. De uma a outra ilha
Ana Martins Marques

CÍRCULO DE POEMAS *Luna Parque Fósforo*

Este livro foi composto em GT Alpina e GT Flexa e impresso pela gráfica Ipsis em junho de 2023. Um poema que parte de uma postagem sobre uma perda situada em um futuro que fala sobre as perdas no passado. Fecha-se o ciclo do tempo. Onde estamos — onde estivemos — onde estaremos — no dia 09 de setembro de 2023?